U0658600

The Grumpy Guide to Life

Observations by Grumpy Cat

臭脸猫的人生指南

［美］臭脸猫—著

许　卓—译

上海译文出版社

图书在版编目（CIP）数据

臭脸猫的人生指南 /（美）臭脸猫（Grumpy Cat）著；
许卓译 . —上海：上海译文出版社，2017.7
ISBN 978-7-5327-7459-3

I. ①臭… II. ①臭… ②许… III. ①故事—作品集
—美国—现代 IV. ① I712.45

中国版本图书馆 CIP 数据核实（2017）第 051939 号

Grumpy Cat
The Grumpy Guide to life：Observations by Grumpy Cat
Copyright 2014 by Grumpy Cat Limited
All rights reserved
First published in English by Chronicle Books LLC,San Francisco,California.
Arranged via Beijing GW Culture Communications Co.,Ltd.

图字：09-2015-040 号

臭脸猫的人生指南

[美] 臭脸猫（Grumpy Cat）著　许卓 译
责任编辑 / 刘宇婷　装帧设计 / 肖晋兴
上海世纪出版股份有限公司
译文出版社出版
网址：www.yiwen.com.cn
上海世纪出版股份有限公司发行中心发行
200001 上海福建中路 193 号 www.ewen.co
上海盛通时代印刷有限公司印刷
开本 787×1092 1/32 印张 3.5 插页 5 字数 10,000
2017 年 7 月第 1 版，2017 年 7 月第 1 次印刷
印数：00，001-18，000 册
ISBN 978-7-5327-7459-3/J · 027

定价：38.00 元

本书中文简体字专有出版权归本社独家所有，非经本社同意不得转载、摘编或复制。
如有质量问题，请与承印厂质量科联系。T：021-37910000

Bryan、Tabatha、Chyrstal、Elizabeth Bundesen、Ben Lashes、Kia Kamran、
Michael、Wynn Rankin、Michelle Clair、 Lia Brown、April Whitney、Albee
Dalbotten、Julianne Freund、Mike Adkins、Heather Taylor、Emilie Aandoz、
Pokey、Shaggy 以及世界各地我的腹黑粉们，我可不欠你们人情！

欲入此门者，
须放弃一切希望。
——但丁

瞎逛的人
活该迷路。
——臭脸猫

目录

来自臭脸猫的
使用指南

我们都是需要建议的。

很显然，你需要。

我天生完美，
这就是你会首先跑来
咨询我的原因。

这本书是我臭脸人生的
感悟与经验总结。

如果本书为你展示出了
如何才能悲催乖戾，
并让你再也不想和我讲话了，
那也就值了。

如何使用本书?
你似乎需要我一字一句讲清楚,
那么长话短说。

1: 知道
你需要专家(我)的
帮助。

2: 一鼓作气
看完本书。

3: 按我说的做。

4: 按我说的重复去做。

明白了吗?
等等,别告诉我。
实话实话,我不在乎。

失败 ~~成功~~

真相是，失败比成功容易许多。
为什么不瘫在靠椅里，
从容不迫地做个随大流的人呢？
要么，为了一个毫无意义的目标，
无休止地做苦工。
随你选。

知道什么时候放弃：

在还没开始动手之前。

锻炼**正正得负**的思维。

绝不争先。

永远跟在后面，
在背后绊倒对手更容易。

如果生活给了你一堆酸涩难咽的柠檬，

那就把它们
扔给别人吧。

转角处
可能有更好的事情
等着你！

这就是我
不喜欢挪地方的原因。

与其亲力亲为，

不如耍个心眼，
骗别人帮你做。

暂时的胜利有可能只是
另一个失败的开始。

当希望尽失，
依然要鼓励他人继续努力。
不是因为他们最终会成功，
**而是看他们垂死挣扎
的确开心。**

**别人回答"是的""好的"，
不要当真。**

要有梦想，

但你的梦想只能是毁了其他
所有人的梦想。

把门槛修低到让人注意不到，
然后就

坐看别人摔跤跌倒。

谁打盹
谁失败

但我就爱这
迷糊感。

领先的时候要撤。

落后的时候要退。

重要的是记住：

撤退。

永远要说"绝不"。

闯点小祸也别怕，

替死鬼总是有的。

互联网
是一种非常有效的
浪费时间的方式。

FATAL ERROR...

GOOD

关键不在输赢——

重点是如何拒绝参加比赛。

成功人士

知道自己想要什么然后出门奋斗去了。

臭脸人士

则等他们走后锁上门坐享其成。

所以谁更成功？

当机会来敲门，

关门上锁，守住已有。

防人之心不可无
距离产生美

拒绝交谈

完全不在乎

拒绝

走开

早把你忘了

你的事儿和我无关

快点消失

走开

拒绝

完全不在乎

拒绝交谈

你不在,挺好的。

爱与友谊

不与他人交往是不可能的。

相信我,我试过了。

总有些人会黏着你,不肯放手。

但这并不意味着,

你也得和颜悦色,接受拥抱。

跟那些不肯让你一个人呆着的人打交道

有很多种方式。

运气好的话,你可以弄得他们也臭脸起来。

好朋友总是听你说。

这么说来，
任何人的话都用不着听。
（你也不想别人把你的信口雌黄当真吧。）

痛恨那人，
无论他是对是错。

不要担心自己忽视了谁，

你永远不知道自己何时又招来个
新的敌人。

拥有独处的时间非常重要。

这是永恒不变的。

当有人找你说话时，
请记住这些小技巧：

 **默不作声，**

 **耷拉着脸，**

 **然后
翻白眼。**

好朋友清楚什么时候该闭上嘴巴。

好朋友之间，无需多话。

不要管闲事。

别人怎么知道你是对的而他自己
是错的呢？

过了河，
一定要拆桥！

**做坏事的时候
有伴儿
总是好的。**

当人们问责时，
你需要有人背黑锅。

简单
交友法则：

任何
想要给你建议的人，
别理他。

任何
想不理你的人，
给他建议。

我的心
另有所属。

别怕告诉对方你的真实感受。

如果把他们惹哭了，
你就赚了。

把敌人

留在身边，

这样你就

看不见朋友了。

患难见真情。

所以，不要看任何人的眼睛，
因为帮助别人是相当耗神费力的。

你的心灵就像花园。

拔掉所有的花，再给土撒上盐，
从此，那里就寸草不生了。

模仿是招人厌的最佳方式。

如果你是棵仙人掌，
就没有人会对你搂搂抱抱。

仙人掌怎么就那么幸运呢？

上次为别人做点啥事
是什么时候的
事儿了?

正确答案：

从没做过！

人们就像一个个毛线球。

大部分时间，毛线球既无趣又无用，
但看着它们乱成一团，我相当享受。

**下次你认为自己掉坑里的时候，
给我打电话。**

我给你递把铁锹，你继续挖就对了。

住手!
别做什么让我痛惜不已的事情。

生活中最美好的事儿
就是

摆臭脸。

谨慎独处

最后,说说我真正关心的:我自己。

自私是你能为自己做的最好的事情。

一点不夸张。

本部分有很多小贴士,

助你逃离这个喧嚣世界,自己呆会儿。

至少,这是几天不跟人说话的好借口。

写自己的

人生故事，

做个坏人。

多发现小确幸。

幸福越小，
就越容易把它们扔进垃圾桶。

每个人都有良心。

在良心阻止你做我叫你做的事情之前，
最好先找到它，并管牢它。

我一直苦思冥想
这些人生大事儿：

如何让看家狗
离家出走？

所有人回来之前，
我能换掉门锁吗？

接下来要搞砸
哪个人的
生日派对？

新的点子还是要多听听的，要为随时随地的关心它们的磨练。

再长的旅行

也是由一步一步

积累起来的。

最好一步都

不要走。

旅行即目的。

那么,从这里滚出去,
在到达终点之前不要停下来。

人生有起就有伏。

那么，干吗还要"起"呢？

天下没有不散的宴席。

这就是我为什么建议你
催他们早走早了的原因。

去尝试新事物。

这是人生失意时的

秘诀。

完不成的事情
为什么还要推到明天
继续做？

把我面前所有的路都标记为

错误的路。

皱眉比微笑更消耗能量，

白日里已经超负荷做皱眉运动了。

所以，当一片光明时，

百叶窗能关就关起来吧！

问问你自己：

如果树林里有棵树倒了，
会惹恼你吗？
你能说服别人在树倒之前
站在它旁边吗？

不断练习

成就完美

万事要抱有**办不了**的心态，
这一点很重要。

谎言可以让你免于
实话实说之苦。

换个角度看问题。

我最爱的方式就是
"闭上眼睛"。

不要忘记：

银光闪闪的滚边不过是
大块乌云的一部分。

咬紧牙关。

把臭脸摆到底！

读书与看电视类似，

只不过，读书的节奏慢得磨死人，
无聊得让人头都痛了！

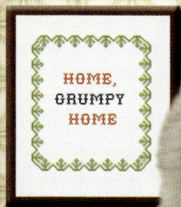

家与家庭

他们说家是心的归属,可如果你没有心呢?
不过,你还是需要个地方住的,
所以你可以将它作为一个借口
去折磨与你同住的每一个人。
不管你称那个地方为"家"还是"人间炼狱",
那都是你可以真正体现"臭脸"真我的地方。

在家里划出更多的专属地盘。

尽量做到

我的地盘我做主。

能屈能伸非常重要。

如果有人来找你，与其应付他们，
不如躲起来。

有兄弟姐妹在旁边，
就相当于被迫不断看着镜子里
一个低端版本的自己。

我们无法选择家人。

但如果他们过于纠缠，
可以让他们滚出我的地盘。

你的家永远是你的城堡，

所以我建议你尽可能地
挖陷阱，设机关。

提醒家人，
倘若他们有所需要，
你的门永远不会开。

他们说的是真的：
"你再也回不了家了。"

因为我把门锁换了。

与家人一起过节，
**是要大家一起臭脸的
大好方法。**

回忆温暖人心，

**特别是它们可以
当柴火烧的时候。**

家人是第一位的。
任何时候都记得
避免这样排序！

你们不在真是太好了！

出发后再知会家人的假期才是

最好的假期！

让打瞌睡的狗就那么躺着。

不然，它们醒过来，
蹭在你身边，那才真闹心啊。

既然床是我的，
我想赖多久就赖多久。

不信
就来试试我的
起床气。

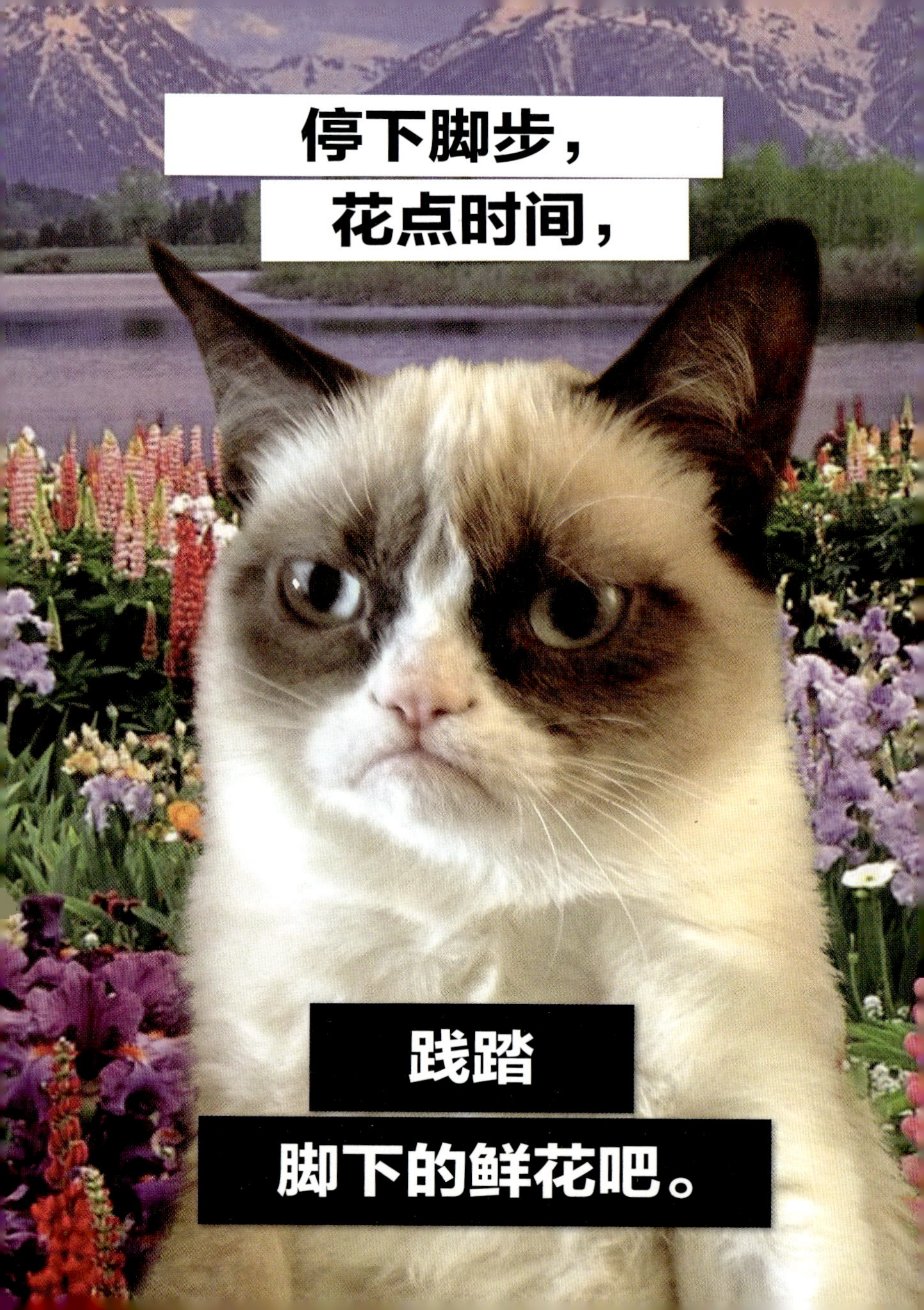
停下脚步，
花点时间，
践踏
脚下的鲜花吧。

自然

壮丽的日出，庄严的雪山，宁谧的森林——
有太多理由憎恨大自然。
你说："温柔的夏夜，遍野的山花。"
我说："成群的蚊子，可怕的过敏。"
不要被自然母亲骗，认她做自己的朋友。
她和其他人一样，是来玩你的。

下次你仰望星空的时候，记住：

星星可能已经陨落，
只是你尚不知道而已。

潮起潮落提醒我们,

不管你做了什么,都没关系,
一切终将被冲刷殆尽。

不用与人分享的草地，

总是更加葱绿可人一些。

走进大自然，

就让我想到人的

渺小与卑微。

如果你看到一道美丽的彩虹，

想想别处有人淋着雨，真是一种慰藉。
也许，还有人遭雷劈了呢。

野外探险的最大好处就是

可以在很多天里都见不到人。

下雪了，
这是大自然在说：

回屋里去，到床上躺着，
你这个白痴！

不要害怕身处困境。

不然你怎能在别人想要救你的时候
坑他一把呢？

大海里有的是鱼。

烦人的，丑陋的，腥臭的。

藏身在硌人的岩缝里又如何呢？

尤其是在你
躲避自己无法忍受的人的时候。

鲜花不过是大自然的显摆。

我们已经知道了,大自然您生动又美丽。
您没必要反反复复、天天显摆啊。

**下次，当你感觉
万事如意的时候，**

请记住:恐龙在灭绝之前
可能也这么想的!

我最爱秋叶飘零。

等等，我记错了。

这是我最喜欢看的人类命运。

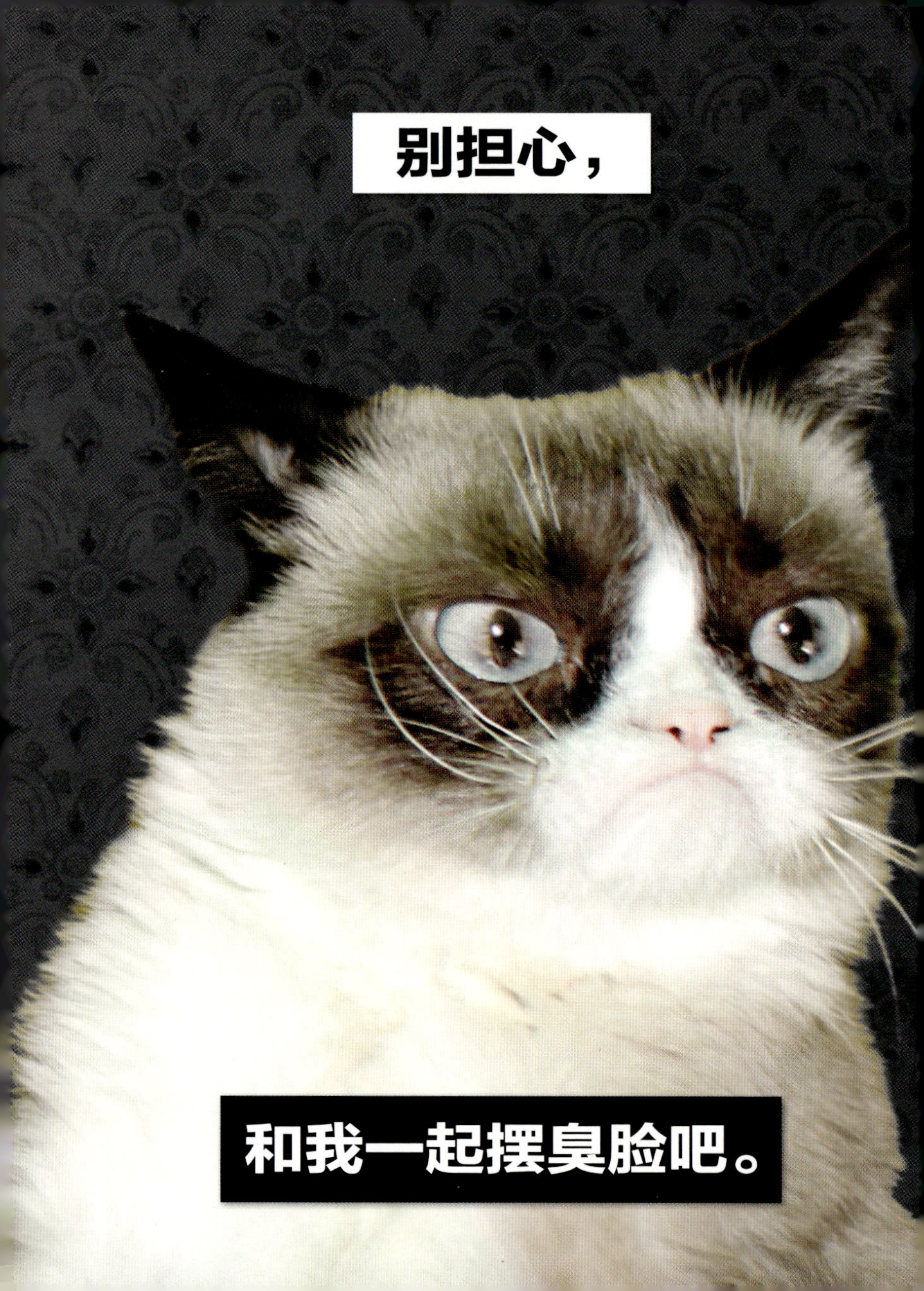
别担心，
和我一起摆臭脸吧。

幸福

本页故意留白。